Uwe H. Sültz

SYLT IM JAHR 2495

TEXITRON-STRAHLEN
BEDROHEN DIE ERDE

Aus der

Serie

BoD - Books on Demand

Norderstedt 2016

1

Bibliografische Information durch die
Deutsche Nationalbibliothek

Die Deutsche Nationalbibliothek
verzeichnet diese Publikation in der
Deutschen Nationalbibliografie; detaillierte
bibliografische Daten sind im Internet über
http://dnb.dnb.de abrufbar.

Herstellung und Verlag:

BoD – Books on Demand, Norderstedt

ISBN 9-78383-9-13878-6

Inhalt:

Wir schreiben das Jahr 2495. Die Insel Sylt
ist lange schon gerettet. Das Weltklima ist
konstant. Sand wird über unterirdische
Kanäle vom Festland aus auf die Insel
gepumpt. Mittlerweile ist der
Hindenburgdamm vierspurig. Die Insel ist
breiter geworden. Sylt hat die nördlichsten
Start- und Landeplätze in Deutschland für
Raumschiffe. Am Strand von Westerland
sieht man die Hüter des Gesetzes, die Star-
Marshals, beim Sonnen. Das war vor ein
paar Wochen noch nicht so.

Rückblick:

Nun wurde endlich das lang geheim gehaltene Projekt „Hanger X1" eingeweiht. Mittlerweile existieren 9 Raumschiffbasen um Sylt herum. Laut den Geschichtsbüchern plädierte das Wissenschaftspaar Dr. Lydia und Dr. Sven Thorsten bereits 2027 dafür, vor Sylt Start- und Landeplätze für zukünftige Raumschiffe zu errichten. Beide waren maßgeblich an der Entwicklung eines ersten Raumschiffs beteiligt. Das Raumschiff EUROPA 1 flog regelmäßig zur Mondkolonie. Die Kinder des Ehepaares Thorsten waren genauso erfolgreich mit den Raumschiffen EUROPA 2 und UNION 100. Dieser rote Faden zog sich durch die gesamte Familiengeschichte der Familie Thorsten. Sie waren es auch, die mit Hilfe von Sponsoren ein kleines Unterwasserforschungslabor erbauten. Nach den ersten Erfolgen schalteten sich alle Nationen ein und unterstützten das Projekt. Heute ist HANGER X1 eine

Raumschifffertigungshalle und liegt vor Westerland.

General Jackson flog extra vom Mars zur Erde, um das neue Raumschiff GALAXY einzuweihen. Noch lag es unter der Meeresoberfläche im HANGER X1. Die letzten Raumschiffe starteten zu ihren Missionen. Ankommende Raumschiffe landeten auf einer der vor Sylt gelegenen Raumschiffbasen. Langsam wurde HANGER X1 geflutet. „Es wird drei Stunden dauern, bis HANGER X1 komplett geflutet ist, General.", sagte der verantwortliche Ingenieur zu General Jackson. „Ich danke ihnen. Dann werde ich mit den Marshals im Restaurant SEEKÖNIG in Westerland noch einmal die Feierlichkeiten besprechen.", antwortete der General.

Im Restaurant unterhielten sich die Marshals mit dem General über die Entwicklung der Insel Sylt. Allen fiel auf, nachdem sie die Geschichte der Insel studiert hatten, dass das Ehepaar Lydia und Sven Thorsten maßgeblich daran beteiligt waren, dass Sylt heute so aussieht, wie es aussieht. Viel wurde für den Küstenschutz geleistet. Durch riesige Röhren wird ständig Sand vom Festland aus auf die Insel gepumpt. Sylt besitzt mittlerweile 9 Start- und Landetürme für Raumschiffe. Die Insel ist immer noch das Aushängeschild für etwas ganz Besonderes. War es in den 1970'er Jahren die berühmte Whiskey-Meile, so ist Sylt heute Vorreiter für Raumschiff-Technik. Und dazu hat die Familie Thorsten über Generationen hinweg mitgewirkt, wenn nicht gar alles gelenkt. Sie waren es auch, die frühzeitig vor Meteoriteneinschlägen in der Zukunft gewarnt haben. Und heute ist es nun so weit, das Raumschiff GALAXY wird in knapp 3 Stunden starten, um die ersten Asteroiden abzufangen. In den nächsten 15 Jahren rechnet man mit etwa 1000 Einschlägen. Anders als die STAR-MAR-POLICE-Raumschiffe, ist die GALAXY nicht auf Geschwindigkeit ausgelegt, sondern auf Feuerkraft. Es war ein Zufall, dass die Ingenieure einen Nebeneffekt des

Chromoswellen-Generators gefunden haben. Die Chromoswelle faltet den Raum wie eine Sinuswelle, man nimmt dann einfach den direkten geradlinigen Weg und überbrückt so 1000 Lichtjahre. Man entdeckte nun, wenn der Generator statt auf Welle, auf Strahl gestellt wird, dass Materie pulverisiert wird. Also ideal für ankommende Asteroiden. Trotzdem steht die GALAXY unter dem Kommando der Marshals. Die Marshals werden weiterhin vom Mars Hauptquartier für diese Einsätze beauftragt. Der Grund dafür liegt darin, dass sich hinter jedem Asteroid ein Angreifer verstecken könnte.

Die Raumschiff-Mannschaft wird von Zeit zu Zeit ausgetauscht. Ob Russen, Amerikaner, Dänen, Österreicher… jedes Team ist für die Zerstörung der Asteroiden auf der GALAXY verantwortlich. Das erste Team stellten die Sylter-Ingenieure. Es begleitete sie das STAR-MARSHAL-Team um Greg Gains herum. Immer wieder kamen alle Gesprächsteilnehmer auf das Thema

„Marshal Stan Thor und Captain Lydia Gohr“
zu sprechen. Beide gelten nach einem
Einsatz als verschollen. Sie kamen einem
Schwarzen Loch zu nahe. Ob, wo oder wann
sie noch leben, niemand weiß es. „Beide
erinnern mich sehr an das Ehepaar
Thorsten, die ja im Jahr um 1960 hier auf
Sylt gelebt haben.“, sagte Marshal Korogon.
„Reine Spekulation, reine Spekulation.“,
entgegnete General Jackson. „Das ist
richtig. Noch weiß niemand, was passiert,
wenn wir uns einem Schwarzen Loch
nähern. Gibt es Zeitsprünge? Werden wir
ausgelöscht? Vielleicht werden wir es
einmal wissen.“, warf Marshal Gains ein.
Gerade wollten sie weiter sprechen, da
verfärbte sich der Himmel blutrot. „General
Jackson an Kontrollzentrale Mars B4, bitte
melden.“ Es gab keine Antwort. „Der
Kaffeeautomat funktioniert nicht.“, sagte
die Bedienung. Die Marshals liefen ins Freie.
Der Kaffeeautomat war noch das kleinste
Übel, denn nichts funktionierte mehr.
Jegliche Elektronik ist total ausgefallen. Die
Männer gingen an den Strand. Der Horizont,

der Himmel, alles ist blutrot. „Was kann das sein?", fragte Marshal Stark. „Seht her, die Wasserpumpe läuft noch.", so Gains. Er hob sie aus dem Wasser und schon funktionierte sie nicht mehr. „Erinnert ihr euch an den Fall auf dem Planet Stella 9? Wir wurden gerufen. Dort funktionierte keine Elektronik, keine Kommunikation, rein gar nichts. Als wir mit unseren STAR-MAR-Schiffen auf den Planet zuflogen, flohen zwei fremde Raumschiffe ins Nichts. Einfach weg waren sie.", erinnerte sich Korogon. „Stimmt. Die fremde Macht sprach von Texitron-Stahlung. Wenn sich der Planet nicht ergeben würde, so drohte man mit der Zerstörung.", sagte Marshal Fenston. „Richtig. Es ging um Ausbeutung von Ressourcen.", so Gains. Zu den Männern am Strand kam der General. „Vorschläge! Was können wir tun?", fragte er. „Wir werden versuchen, dass wir auf die GALAXY kommen. Es wird schwierig. HANGER X1 wird noch geflutet. Über den unterirdischen Kanal müssten wir es schaffen. Vielleicht startet das Raumschiff. Wenn nicht, dann

weiß ich auch keinen weiteren Weg.",
erklärte Marshal Gains. „Okay, dann gebe
ich hiermit den Einsatzbefehl RETTUNG DER
ERDE!", verkündete General Jackson. Der
Eingang des Tunnels liegt zwischen
Westerland und Wenningstedt. Die Männer
machten sich auf den Weg.

Was ist passiert?

Es handelte sich tatsächlich um die
TEXITRON-Strahlung. Eine Macht aus einer
fernen Galaxie versuchte an die Ressourcen
anderer Planeten zu gelangen. Die
TEXITRON-Strahlung wurde eigentlich zur

Energiegewinnung entwickelt. Aber die Nachkommen der Entwickler nutzten sie für kriegerische Aktionen aus. Wahrscheinlich wurde die Erde schon länger beobachtet, denn auch der Mars wurde mit dieser Strahlung lahmgelegt. Weder vom Mars, noch von der Erde aus, konnten STAR-MAR-POLICE-Raumschiffe starten. 4 fremde Schiffe umkreisen nun die Erde und gaben diese Strahlung ab. Um den Mars kreisten 2 Schiffe. Strategisch sind die fremden Raumschiffe so aufgestellt, dass sie eine Glocke um die Erde aufbauten. Das Raumschiff über Deutschland stand etwa über Berlin. Von dort aus wurde eine Botschaft in verschieden Sprachen gesendet. Wie ein überdimensionaler Lautsprecher, mit einer gewaltigen Lautstärke, wurde verkündet, dass die Führer der Erde ihre Kapitulation zugeben sollten. Die Menschen konnten sich nur noch die Ohren zuhalten. Die Straßen waren menschenleer, jeder brachte sich in Sicherheit. Niemand konnte richtig handeln, niemand richtig denken. Die Lautstärke war beängstigend. In der Zwischenzeit waren die Marshals an Bord der GALAXY. „Gut, dass sie hier sind, Marshal Gains. Wir wussten nicht, ob wir handeln sollten.", sagte der Führungsoffizier Hansen. Alle Plätze der GAKAXY waren besetzt. Jetzt beratschlagten die Marshals ihre weitere Vorgehensweise. „Ich bin der Meinung, dass die Lautstärke größer wird. Das bedeutet, dass ein Schiff näher kommt.", analysierte Marschal Korogon. „Schade, dass wir kein Periskop auf dem Raumschiff haben.", sagte Fenston. Gains drückte den Knopf für Außenansicht und staunte, dass der Außenmonitor funktionierte. „Wie ist das zu erklären?", fragte Gains. Hansen ist der Meinung, dass vielleicht das Meerwasser die Elektronik auf der GALAXY isolieren würde. Alle schauten gespannt auf den Monitor. Sie sahen, wie das fremde Raumschiff die Negrotronen-Erze aus Berlin und Rostock auf ihr Raumschiff transformierten. „Wo liegen die nächsten Negrotronen-Erze?", fragte Marshal Gains. „In Aberdeen.", antwortete Hansen. „Dann fliegt das Raumschiff wahrscheinlich auch über Sylt, um nach Aberdeen zu gelangen. Somit hätten wir nur eine Chance. Sollte es wirklich so sein, dass das Meerwasser isoliert, dann haben wir nur einen Schuss. Sollten wir dann starten können, fliehen wir zunächst einmal in den Raum.", ordnete Marshal Gains an.

Mit Schuss meint Marshal Gains den Chromoswellen-Generator. Ursprünglich wurde er ja dazu entwickelt, um die Raumzeit wie eine Sinuswelle zu falten. Man kann so auf direktem Weg geradlinig hindurchfliegen. Ein Nebenprodukt des Chromoswellen-Generators ist der zerstörerische Strahl, der alles zu Pulver werden lässt. Gerade diese Methode benötigt die GALAXY, um die Asteroiden zu zerstören. Die Berechnungen haben ergeben, dass auch ein ganzer Planet vernichtet werden könnte. „Wir werden wahrscheinlich nur eine kleine Chance haben, wenn überhaupt. Ich denke, dass wir nur einen Schuss haben, wenn das fremde

Raumschiff über Sylt fliegt.", vermutet
Marshal Greg Gains. Die Vorbereitungen
konnten beginnen. Der Navigator der
GALAXY berechnete den Kurs des fremden
Raumschiffs. Führungsoffizier Hansen
bereitete den Chromoswellen-Generator
vor und programmierte einen eventuellen
Blitzstart in den Weltraum, falls dies
überhaupt möglich ist. Die GALAXY wurde
noch nie getestet. Dann war auch noch die
Frage, ob die Elektronik überhaupt
funktionierte. Das Raumschiff lag zwar noch
unter Wasser, aber wenn es über Wasser
ist, was dann? Die Mannschaft ist natürlich
extrem aufgeregt. Auf dem Mars und auf
der Erde funktionierte absolut nichts mehr.
Da auch die Kommunikation über L-Com zu
den anderen 128 Verbündeten in der
Milchstraße außer Funktion war, konnten
sie nicht helfen. Sie konnten es schließlich
nicht wissen. Langsam näherte sich das
fremde Raumschiff der Insel Sylt. Die
extreme Lautstärke der sich immer
wiederholenden Botschaft, die die fremden
Raumschiffe aussandten, ließ viele

Menschen auf der Erde verzweifeln. „Es wird eine Art von Psycho-Terror beginnen. Rund um die Uhr diese extreme Lautstärke, dazu noch der totale Ausfall jeglicher Elektronik. Diese Wesen werden uns mürbe machen. Dann wird die Welt kapitulieren.“, sagte Marshal Stark. „Zeigen die Außensatelliten etwas?“, fragte Greg Gains. „Nichts, absolut nichts. Sie sind ohne Funktion. Wird ihr Kurs nicht korrigiert, trudeln sie auf die Erde zu. Wir haben kein Raumschiff im Einsatz. Diese Ganoven haben den Überfall perfekt geplant. Und wir wissen noch nicht einmal, mit wem wir es zu tun haben.“, ärgerte sich Marshal Korogon. „Das fremde Raumschiff kommt näher!“, rief der Navigator. „Jetzt muss alles genau passen. Wenn die Schussweite erreicht ist, starten wir die Antriebsaggregate der GALAXY, sowie den Chromoswellen-Generator.“, befahl Greg Gains. Jetzt sieht man das fremde Raumschiff. Langsam flog es über Hamburg hinweg, direkt auf Sylt zu. Wie versteinert schauten alle auf den Monitor. Es ist ein riesiges Raumschiff. Etwa 5 Kilometer lang und 2 Kilometer breit. Niemand kennt die Feuerkraft dieser Fremden. Niemand weiß, ob der Chromoswellen-Generator überhaupt funktioniert. Niemand weiß, ob die GALAXY überhaupt funktioniert.

Der Wellengenerator wurde ausgerichtet. Der Daumen von Marshal Gains kommt dem Feuer-Knopf immer näher. Jetzt flog das riesige Raumschiff auf Hörnum zu. Es wurde dunkel. Das Raumschiff verdunkelt die gesamte Insel. 3... 2... 1... FEUER! Marshal Gains drückte den Knopf. Eine nicht sichtbare Welle schlug im gegnerischen Schiff ein. Es begann sich von außen nach innen aufzulösen. Jetzt war sogar der blaue Himmel wieder sichtbar. Der laute Befehl „Kapitulation" verstummte. Gleichzeitig startete Führungsoffizier Hansen die GALAXY. Langsam erhob sie sich aus den Tiefen der Nordsee. Sie tauchte ganz auf und schoss sofort in den Weltraum. Nur wenig später verdichtete sich wieder der Himmel blutrot. Die anderen fremden

Raumschiffe bemerkten den Verlust und formierten sich neu. Die GALAXY blieb unbemerkt hinter Pluto versteckt. Jetzt mussten zunächst einmal alle Funktionen des Schiffs überprüft werden. „Marshal, 6 weitere Schiffe fliegen auf unser Sonnensystem zu. Ich habe ihren Weg verfolgt. Die Signatur zeigt deutlich, dass diese Schiffe aus einer benachbarten Galaxie kommen.“, so der Navigator. „Sollen wir Hilfe von unseren Verbündeten anfordern, Marshal?“, fragte Hansen. „Lieber nicht. Vielleicht überwachen sie den Raum und den Funkverkehr. Es ist sowieso erstaunlich, dass sie uns nicht entdeckt haben.“, sagte Marshal Greg Gains. „Wir brauchen einen Plan. Fakt ist, dass wenn sie uns erwischen, wir ebenfalls sofort außer Gefecht gesetzt werden. Lassen wir die 6 Schiffe durch, wird die Ausbeutung auf der Erde schneller vorangetrieben. Wir sind die einzige Hoffnung für die Erde. Vorschläge?“, fragte Marshal Greg Gains. Der Navigator rief: „Ich habe ihren Kurs herausgefunden. Diese fremden Raumschiffe kommen aus der Galaxie D 75 L 775. Das sind etwa 215.000 Lichtjahre." „Das verstehe ich nicht, wie kommen diese Schiffe hierher? Gibt es etwas Ähnliches wie unsere Chromoswelle?", fragt Gains. „Nein, ich finde keine weiteren Signaturen. Aber ich finde etwas Interessantes. Ich erkenne einen Texitron-Strahl, man kann ihn leicht übersehen. Er beginnt in der Galaxie D 75 L 775 und strahlt direkt auf die fremden Raumschiffe, die Erde und Mars umkreisen.", so der Navigator weiter. „Das ist wirklich höchst interessant. Man muss sich schließlich fragen, wie kommen diese Raumschiffe an so viel Energie, dass sie einen ganzen Planeten lahmlegen können? Wir können folgendes tun: Wir warten, bis die weiteren fremden Raumschiffe den Pluto passieren, dann pulverisieren wir sie. Wir starten dann den Chromoswellen-Generator und fliegen zu dem Planet, von dem aus das Signal gesendet wird.", schlug Marshal Greg Gains vor.

In der Zwischenzeit waren die fremden
Raumschiffe, die die Erde umkreisten, mit
dem Raub der Erze fertig und warteten auf
die anderen Raumschiffe. Diese kamen dem
Pluto immer näher. „Sobald sie nah genug
sind, Feuer frei. Dann geht es auf direktem
Weg zur Galaxie D 75 L 775. Alle Plätze
belegen. Es kann nicht mehr lange dauern."

Der Chromoswellen-Generator wurde auf
die fremden 6 Raumschiffe kalibriert. „Auf
mein Zeichen wird gefeuert.", befahl
Marshal Greg Gains. Es wurde ein Katz und
Maus Spiel. Die fremden Schiffe flogen an
Pluto vorbei. Die GALAXY umflog Pluto und
feuerte. Sofort pulverisierten die
gegnerischen Raumschiffe. „Nun fliegen wir
sofort zum Ursprung der Texitron-
Strahlung.", sagte Gains. Der
Chromoswellen-Generator wurde wieder
umgestellt. Nun faltete sich der Weltraum
vor der GAKXY wie eine Sinuskurve. Auf
höchster Stufe flog die GALAXY geradlinig
durch den gefalteten Raum und benötigte
nur minimalste Zeit, um Galaxie D 75 L 775

zu erreichen. „Vielleicht können wir in Frieden mit diesem Volk verhandeln?", überlegte Marshal Korogon. „Es kann sein, dass sie große Probleme haben.", warf Marshal Stark ein. „Wer so aggressiv vorgeht, wird wohl keine Probleme haben, sondern ist auf Ärger aus. Nein, wir werden höflich anklopfen, aber dann kommen wir zur Sache.", sagte Marshal Greg Gains.

„Wir kommen unserem Ziel näher. Ich stelle nun den Chromoswellen-Generator ab.", verkündete der Steuermann. Zunächst umrundete die GALAXY den Planet, von dem der Texitron-Strahl ausgeht. Die GALAXY fliegt im Tarn-Modus. „Dies ist der Ursprung des Strahls, der die Erde trifft. Ich orte weitere 2500 Strahlen. Wer weiß, wie viele bewohnte Planeten noch in Gefahr sind?", sagte der Wissenschaftsoffizier Heiner Jensen. „Vorschläge?", fragt Gains. „Senden wir eine Friedensbotschaft. Oder vernichten wir gleich diesen teuflischen Planet.", so Marshal Korogon. „Wir werden es auskundschaften, Korogon. Volle

Bewaffnung. Wir treffen uns im Körpertransporter. Hansen, an sie der Befehl, ob wir nun da unten einen Fehler machen oder die anderen. Egal wer, sie feuern auf den Planeten und vernichten ihn.", so Gains.

Auf dem Planet angekommen, erschraken Gains und Korogon. Maschinenwesen mit mehreren Armen arbeiteten an Geräten und Raumschiffen. Die Marshals wurden überhaupt nicht bemerkt. Sie konnten sich frei bewegen. In regelmäßigen Abständen fanden die Marshals in den Planet eingelassene riesige Rohre. Am Ende der Rohre befanden sich Umlenkspiegel. So konnte ständig die Erde anvisiert werden. Das Analysegerät von Marshal Korogon zeigte an, dass die Quelle dieser Strahlung, der Planetenkern ist. In diesen Rohren musste es noch einen Umformer geben, der aus einer normalen Strahlung einen Todesstrahl polt. Alle Rohre waren gleich aufgebaut. Um den Planet herum zeigten sie in das Universum und gaben ihre

Strahlung ab. „Ich erkenne eine Art Zentrale auf dem Monitor. Lass' uns das einmal untersuchen.", schlug Korogon vor. In der Zentrale gab es dreidimensionale Monitore. Es waren etwa 50 Stück, angeordnet in einem riesigen Kreis. In der Mitte des Kreises war ein Energiestrahl zu sehen, der sich dem gewaltigen Texitron-Strahl anschloss. „So kommunizieren sie also untereinander. Pro Texitron-Strahl sind 50 Raumschiffe im Einsatz. 2500 Texitron-Strahle gibt es. Das sind eine unendlich Zahl an Raumschiffen, die in fremden Galaxien, sowie in ihrer eigenen, wildern. Das können wir nicht zulassen. Wir müssen handeln.", sagte Marshal Greg Gains. Korogon schloss das L-Com Kommunikationsgerät an eine ihrer Schnittstellen an. „Was können wir herausfinden?", fragte Gains. „Ähnlich wie bei uns gibt es Geschichtsordner, man kann einen Zeitstrahl abfahren. Ich erkenne, dass die Bewohner dieses Planeten in das Universum flogen, um ihre Rasse zu vergrößern. Hier ist deutlich unsere Erde zu erkennen und der Vorrat an Negratonen-

Erze. In einem anderen Planetensystem erkenne ich Gold-Erze, so geht es weiter. Es sind also Räuber im Universum. Schlimmer noch, hier auf dem Bild erkenne ich Sklaverei. Und hier ist ein Bild von ihnen. Einfach nur ekelig. Lass' sie uns auslöschen, Gains.", so Marshal Korogon. „Nein, wir haben einen Schwur abgelegt. Vielleicht ergeben sie sich.", sagte Marshal Greg Gains. „Niemals, das sehe ich ihnen an."

Marshal Grag Gains ließ sich parallel schalten und verkündete: „Wesen von diesem Planet im Universum. Wir, die Hüter des Gesetzes, fordern euch auf, die Erde und alle weiteren Planeten zu verlassen. Ergebt euch." „Nimokoles grendigo, kol lojugrnte.", ertönte es. „Synchronisiere das L-Com, Korogon.", sagte Gains. „Bin dabei." Jetzt ertönte es: „Niemals... ihr niedriges Volk!"

Marshal Gains brach wütend die Kommunikation ab und rief die GALAXY: „Holt uns hoch. Ich habe diese Wesen gewarnt. Unendliche Planeten werden von

ihnen ausgeraubt. Bereitet den
Chromoswellen-Generator vor."

Auf dem Schiff angekommen richteten sie
die Welle direkt auf den Planet. „Feuer!",
rief Gains erleichtert. Der Planet wurde
pulverisiert. „Und nun nichts wie zurück.
Stellt den Chromoswellen-Generator auf
Raumfaltung ein."

„In wenigen Minuten erreichen wir unser
Sonnensystem. Ich schalte nun den
Generator aus.", so der Steuermann. Sie
näherten sich Neptun. Die Monitore
zeigten, wie etwa 45 fremde Raumschiffe
die Erde und den Mars angriffen. Die

Polizei-Raumschiffe feuerten aus allen Rohren. STAR MAR 64 und STAR MAR 44 wurden von den Gegnern kampfunfähig geschossen. Zwar gab es die Texitron-Strahlung nicht mehr, die die gesamte Elektronik auf Mars und Erde lahmlegte, aber die Feuerkraft der fremden Raumschiffe war dennoch groß genug, um die Menschheit zu vernichten. Die wendigen STAR MAR-Schiffe konnten noch keines der 45 Raumschiffe vernichten. Sie schafften es lediglich, dass die Fremden noch nicht die Erde angriffen, was aber auch nur eine Frage der Zeit war.

„Marshal Greg Gains an Kontrollzentrale Mars B4, bitte melden.", sagte Gains über L-Com. „Hier General Jackson. Ihr kommt im genau richtigen Augenblick. Ich beglückwünsche euch später dazu, dass ihr die Texitron-Strahlung abstellen konntet, falls es noch dazu kommt. Die Fremden, wir wissen immer noch nicht um wen es sich handelt, sind einfach zu stark. Wenn wir hier noch einmal klarkommen, müssen alle

Polizei-Raumschiffe aufgerüstet werden. Und nun zeigt diesen Ganoven, was eine Harke ist."

Die GALAXY schoss vom Neptun aus direkt auf die Erde zu. Die fremden Schiffe beschossen die GALAXY. „Die Schilde halten. L-Com ist eingeschaltet, Marshal.", sagte Hansen. Und wie üblich sprach Marshal Greg Gains die Gesetzesbrecher über das Kommunikationsgerät an: „Im Namen des Gesetzes, beendet sofort das Feuer und ergebt euch. Hier spricht die Polizei des Universums." Aus dem Übersetzungsmodul im L-Com ertönte es: „Nicht wir ergeben uns, ihr werdet uns dienen, so wie viele tausend Zivilisationen auch. Wir sind die Cremo. Wir werden euer Raumschiff mit unsere Feuerkraft vernichten." Noch bevor sich die Schiffe formieren konnten, ging die GALAXY in Angriffsposition. „Ahhh, jetzt wissen wir endlich was wir auf ihre Grabsteine schreiben müssen... Cremo also. Es gibt keine weitere Warnung. Chromoswellen-

Generator einschalten und auf Energiestrahl
stellen. Feuern wenn bereit.", befahl
Marshal Greg Gains.

Wie Duellisten kamen sich die Raumschiffe
der Cremo und die GALAXY näher. Der
Generator war geladen. Hansen stellte
sofort von Wellenausdehnung auf
Energiestrahl um und feuerte auf jedes
fremde Schiff. Den fremden Raumschiffen
fehlte natürlich nun ihre Texitron-Strahlung.
Gegen die GALAXY hatten sie keine Chance.
Nach wenigen Minuten war die gesamte
Flotte der Cremo ausgelöscht.

Langsam kehrte Ruhe auf dem Mars und der Erde ein. Im Hauptquartier traf man sich zu einer Besprechung. „Marshal Gains, das war ein perfekter Einsatz von ihnen, ihrer Mannschaft und der GALAXY. Wir alle sind ihnen sehr dankbar.", verkündete General Jackson. „Es ist in der Hauptsache der Chromoswellen-Generator. Ohne ihn sind wir als Weltraum-Polizei machtlos.", sagte Marshal Greg Gains.

Die gesamte Polizei-Raumschiffflotte wurde mit dem Chromoswellen-Generator aufgerüstet. Wieder ein Schritt für mehr Frieden im Universum.

Und heute ist die Welt wieder in Ordnung. Zurzeit amüsieren sich die Marshals des Universums am Strand von Westerland und schauen auf die startenden und landenden Raumschiffe. Die GALAXY liegt wieder unter Wasser im Hanger X1 und wartet auf den nächsten Einsatz im Universum oder außerhalb im Omnium.

Star Man 8
POLICE

STAR MARSHAL – Der Zeitsprung – Wie alles begann

Unsere Galaxis ist aufgeräumter geworden, nicht etwa was die Sterne und Planeten angeht, es geht um die Kriminalität. Im 25. Jahrhundert schlossen sich 128 Planeten unserer Galaxis zusammen und gründeten das STAR MARSHAL OFFICE. Diese Polizei im Universum hat ihr Hauptquartier auf dem Mars. Der Mars ist Lebensraum für viele Menschen geworden, aber auch viele Außerirdische leben in Städten wie Lincoln oder Grosnau. Über den Präsidenten Abraham Lincoln wissen wir natürlich vieles, auch Jahrhunderte später. Krock Grosnau ist das Oberhaupt des Planeten Amesis. Gerade er war es, der für Gerechtigkeit und Ordnung in unserer Galaxis, der Milchstraße, plädierte und die restlichen 127 Planeten zusammenbrachte. Auf dem Mars entwickelten sich mittlerweile 80 Städte. Ein Hauptgrund den Mars zum Hauptquartier zu machen, war es, dass seine Anziehungskräfte geringer sind, als auf der Erde. Denn Ursprünglich wurde die Erde als Zentrale der POLICE IN THE UNIVERSE auserwählt. Außerdem kreisen ständig 8 Polizei-Raumschiffe um den Mars.

„Hauptquartier an Marshal Stan Thor. Bitte melden sie sich im Einsatzkommando auf dem Mars im Star Marshal Office Raum 34.", ertönte es aus dem L-Com. Stan Thor arbeitete gerade wieder an einem uralten Colt. Im Entspannungsraum kämpfte er immer gegen virtuelle Gegner. Das waren auch schon einmal Billy the Kid und andere Revolverhelden. Seine Gedanken waren oft bei seinem Großvater. Greg Thor erzählte seinem Enkel oft etwas über die Vergangenheit. Da war eben immer dieser Sheriff aus Omaha in Nebraska am Missouri. Opa nannte ihn immer nach seinem Enkel Stan. So entstand ein Sheriff im Wilden Westen in der Erinnerung von Stan Thor. Der Star Marshal legte den alten, aber frisch geölten Colt beiseite und meldete sich über L-Com. „Thor, Stan Thor hier über L-Com. Was gibt es?" „Hier General Jackson vom

Mars Hauptquartier. Stan, komm' in die Klamotten, dein Einsatz wird benötigt. Ich freue mich, dass du diesen Fall übernimmst. Wir haben uns ja lange nicht gesehen. Wir wollen uns nach deinem Einsatz treffen, geht das klar?", fragte der General. Clint Jackson und Stans Vater waren Pioniere des STAR MARSHAL OFFICE. In den Anfangszeiten kämpften sie Rücken an Rücken für Recht und Ordnung. „Geht klar, General. Ich freue mich von dir zu hören.", antwortete Stan. Der General weiter: „Gut, ich übergebe jetzt an Botschafter Kongros vom Planet Mendrok… … … Marshal, wir benötigen ihre Hilfe. Ich habe über geheime Kanäle erfahren, dass eine unbekannte Macht die Führung unseres Heimatplaneten bedroht. Es wird wohl wieder um Erze gehen. Ich gebe den Einsatzbefehl KL-456-UG4." „Ich habe verstanden, Botschafter. Meine Mannschaft stelle ich sofort zusammen. Ich werde über L-Com Kontakt zu ihnen halten.", so der Marshal. L-Com ist die Sprach- und Bildübertragung im 25. Jahrhundert. Da die Raumschiffe mit weit

über der Lichtgeschwindigkeit fliegen, muss
der Zeitunterschied zwischen Raumschiffen
und Raumstationen ausgeglichen werden.
Die genaue Bezeichnung lautet:
Lichtgeschwindigkeits- Ausgleich-
Kommunikator, nach dem Erfinder
Professor Elias Wardenga aus Deutschland.

 Marshal Stan Thor machte sich nun daran,
die Mannschaft aufzustellen, die für diesen
Einsatz am geeignetsten zu sein scheint. In
seiner Bibliothek sind alle Frauen und
Männer des STAR MARSHAL OFFICE
vertreten. Jetzt musste er nur noch die
Verfügbarkeit abrufen. „Hoffentlich ist
Korogon vom Planet Amesis abrufbereit. Er
kennt seinen Heimatplanet am besten.“,
murmelte Stan, auf dem Bildschirm
schauend, so vor sich hin. „Ach, ich werde
ihn sofort kontaktieren.“ Stan nahm das
Mikrofon und schaltete L-Com auf senden.
„Stan Thor über L-Com an Marshal
Korogon... bitte melden...
Dringlichkeitsstufe 999ROT3.“ Jetzt konnte
es einige Zeit dauern bis der Kontakt

hergestellt wird. Der Lichtgeschwindigkeits-
Ausgleich-Kommunikator musste schließlich
viel berechnen. War Marshal Korogon nur
„um die Ecke" oder viele Lichtjahre entfernt
zu finden? Stan Thor schrieb in der
Wartezeit seine Liste weiter zusammen.
„Mmh… auf jeden Fall will ich Gains dabei
haben, auf jeden Fall." Marshal Greg Gains
war Stans Freund seit der Kindheit. Beide
gingen den Weg der Polizei-Schule
gemeinsam. Beide konnten sich jederzeit
aufeinander verlassen. Beide retteten sich
viele Male gegenseitig das Leben. Greg
Gains ist seit 20 Jahren verheiratet, 2
Kinder, ein Haus in Florida. Es war eines der
letzten Grundstücke in Florida, welches
durch den Präsidenten vergeben wurde.
Gains war maßgeblich daran beteiligt, dass
der Präsident heute noch lebt. „Hi, hier
Korogon. Alles Roger bei dir, Stan?", ertönte
es aus dem L-Com. „Na, du wirst ja auch
immer amerikanischer, Korogon. Ich freue
mich, dass du dich meldest.", sagte Stan
Thor. „Ist doch klar. Ich habe bereits auf
deinen Anruf gewartet. Auf meinem

Heimatplanet ist ja wohl die Hölle los.", so Korogon. „Stimmt, gib mir doch bitte Informationen. Um welche Erze handelt es sich?", fragte Stan Thor. „Krysilium, Stan, es handelt sich um Krysilium. Es ist leicht zu verarbeiten. Wird Krysilium langsam unter Druck gesetzt, dann gibt es kontinuierlich seine Energie frei. Schlägst du auf Krysilium, dann explodiert es mit einer unvorstellbaren Kraft.", erklärte Marshal Korogon. „Unglaublich, dieses Krysilium. Übrigens, wo bist du gerade?", so die Frage von Marshal Thor. „Ich stehe bei dir vor der Tür! Haste mal ein Bier?"

 Jetzt gingen die Marshals die Liste durch. Sie entschieden sich für Marshal Gains, Marshal Stark vom Planet Demus, Marshal Ricardo von der Erde, sowie die Deputys Norgon und Fenston von der Einsatzzentrale Kredok 07. Dazu kommt natürlich noch die ständige Besatzung des Polizei-Raumschiffs STAR MAR 8.

Keine 12 Stunden später startete dann das Raumschiff. Bis zum Planet Mendrok waren es gute 3 Tage Flugzeit bei 6-facher Lichtgeschwindigkeit. „Marshal Stan Thor an das Mars Hauptquartier." „Hier Mars Hauptquartier, bitte sprechen sie, Marshal." „Wir sind auf dem Weg zum Einsatzort. Bitte übermitteln sie alle Informationen und Daten über L-Com. Wir melden uns und geben einen Statusbericht. Marshal Stan Thor… Ende."

 Kurz vor ihrem Ziel ging die STAR MAR 8 auf Unterlichtgeschwindigkeit. Provokativ und siegessicher patrouillierten drei Raumschiffe versetzt um den Planet Mendrok. „Projektor einschalten!", befahl Marshal Thor. Der Ton wurde nun Ernst. Vorbei mit „haste mal ein Bier", jeder war sich der Aufgabe bewusst. Jeder wusste, dass Krysilium eine ungeheure Macht in den Händen von Terroristen ist. Jeder war aber auch bereit, sein eigenes Leben für viele Milliarden Lebewesen im Universum zu opfern. Denn es sind die Star Marshals, die im Weltraum für Recht und Ordnung sorgten. „Projektor ist eingeschaltet,

Marshal.", verkündete der Navigator der STAR MAR 8. Der Projektor projizierte nun den Weltraum, der hinter dem Raumschiff zu sehen war, vor das Raumschiff. Dazu waren insgesamt 8 Projektoren nötig, die an allen Ecken des Schiffs eingebaut waren. Marshal Korogon rief: „Es sind Trüpiden-Schiffe!" „Erkläre das genauer.", antwortete Stan Thor. „Mit den Trüpiden hatte wir schon einmal zu tun. Über etliche Jahrhunderte und von Generation zu Generation reisten sie im Tiefschlaf in unsere Galaxis, um nach Beute zu suchen.", erklärte Korogon.

„Ich orte zwei verschiedene Arten von Lebensformen im Amtssitz auf dem Planet Mendrok.", analysierte der erste Offizier der STAR MAR 8. „Und ich erkenne auf dem Bildschirm ein weiteres Schiff der Trüpiden.", sagte der Navigator aufmerksam. „Typisch.", erkannte Marshal Korogon. „Sie halten unsere Politiker gefangen und erzwingen Beute. Dann folgt der Raumfrachter zur Verladung."

„Vorschläge!", rief Stan Thor in die Runde.
„Wir vernichten die drei Raumschiffe und
den Frachter!", brachte sich Deputy Norgon
ins richtige Licht. „Es ist noch ein weiter
Weg zum Marshal für dich.", antwortete
Marshal Stark. „Sorry.", so der Deputy
kleinlaut. „Krogon, kommen wir unbemerkt
in euren Amtssitz?", fragte Stan Thor. „Ja,
wir Marshals vom Planet Mendrok haben
die Codes für die fünf unterirdischen
Fluchtgeheimgänge."

„Gut, dann arbeiten wir jetzt einen Plan
aus. Wieviel Zeit haben wir bis zum
Eintreffen des Frachters?", so Marshal Thor.
„Etwa zwei Stunden.", schätzte der
Navigator. Nach 43 Minuten stand der Plan.
Die Körpertransporter sollten die Marshals
und Deputys in die unterirdischen
Geheimgänge befördern. „Hoffentlich
stimmen alle Koordinaten, mein lieber
Freund Korogon. Sonst war es das mit dem
Bier, dann werden wir in einem Felsen
materialisiert.", lachte Marshal Stan Thor.
„Ich habe alle Daten so gut wie möglich

geschätzt.", flachste Marshal Krogon.
„Waaas? Geschätzt?", schrie Deputy
Fenston. „War nur Spaß.", erwiderte
Krogon. In dem Augenblick drückte Taktiker
Ross Corwell der STAR MAR 8 auf den
Transportknopf. Auch Ross Corwell hätte
sich an dem Befreiungsunternehmen
beteiligen können, er hatte Ausbildungen in
allen Kampfsportarten absolviert. Aber er
gehört zur Verteidigungscrew des
Raumschiffes. Außerdem sind im Jahr 2480
das Tragen und Benutzen von Waffen nur
den Marshals und Deputys gestattet.
Gespannt schaute Corwell auf seine
Monitore und Datenbänke. „Geschafft
Leute! Sie sind gut angekommen, alle
Lebenssignale sind im grünen Bereich. Bei
Deputy Fenston sehe ich einen erhöhten
Pulsschlag.", sagte Corwell. „Bei dem Spaß
zuvor von Korogon… kein Wunder.", lachte
der Navigator. Captain des Raumschiffs
STAR MAR 8 war Lydia Gohr. Jeden Einsatz,
den Marshal Stan Thor hatte, erlebte sie mit
wackeligen Knien mit, denn sie war sehr an
Stan interessiert. Zumal Stan auch noch ein

sehr attraktiver Junggeselle war. Kurz bevor der Funke überspringen konnte, beide amüsierten sich im Freizeitraum an der Bar, wurde die STAR MAR 8 angegriffen. Beide verschoben ihr Rendezvous dann auf unbestimmte Zeit. „Maschinen auf Bereitschaft einstellen. Fluchtgeschwindigkeit in Richtung Erde berechnen. Kampfplätze besetzen, falls die Jungs Schwierigkeiten bekommen.", befahl Lydia Gohr mit fester Stimme.

 In der Zwischenzeit verteilte Marshal Stan Thor die Aufgaben im Untergrund des Amtssitzes der Führung des Planeten Mendrok. Plötzlich Geräusche. „Ruhig Männer.", flüsterte Stan Thor. „Wahrscheinlich haben die Trüpiden die Geheimtüren entdeckt.", sagte Korogon. „Ich gehe vor, Stan. Nimm meine Ausrüstung und meine Waffen. Sie denken, dass ich ein Arbeiter wäre. Ich habe einen Plan.", so Korogon weiter. Er ging mit einer Spitzhacke in den Händen, die vor langer Zeit beim Bau der Gänge gebraucht wurde, laut pfeifend direkt auf die Kidnapper zu. „Hallo Leute, wir haben eine neue Quelle des Erzes gefunden. Nanu? Wer seid ihr denn, solch nackte Gestalten habe ich auf unserem Planeten noch nie gesehen?" Sofort schlug ihn einer der Trüpiden nieder. Nun, im Gegensatz zu den Bewohnern des Planeten Mendrok, die mit einem dichten Körperpelz ausgestattet waren, sahen die Trüpiden wirklich blass und kahl aus. Waffen wo man nur hinblicken konnte, ein militärisches auftreten, gepaart mit einem grimmigen Gesichtsausdruck. Die Marshals waren in sicherer Entfernung. „Müssen wir nicht eingreifen?", flüsterte Ricardo fragend. „Er weiß, was er tut.", so Stan Thor. Benommen stand Korogon auf. Es folgte der nächste Schlag. „Wo sind die Erze? Führe uns sofort dort hin.", ertönte es aus den Übersetzungskommunikatoren der Trüpiden. Laut rief Korogon: „Ach, könnt ihr nicht in unserer Sprache kommunizieren? Braucht ihr also Übersetzer? ÜBERSETZER braucht ihr also!" „Marshal Stan Thor verstand den Wink sofort. Bei Übersetzern spielte es keine Rolle wer spricht, es wurde alles per Computerstimme ins Trüpidische übersetzt. „Sage sofort wo die Erzquelle ist, Arbeiter, sonst…" „Keine Panik! Ich will mein Leben behalten. Folgt mir.", sagte Korogon. Er führte die vier Trüpiden direkt auf die Marshals zu. In seinem dichten Pelz hatte er eine Strahlenkanone versteckt. Blitzschnell zückte er das Ding, drehte sich um und feuerte. Gleichzeitig standen die Marshals im Gang und zogen wie in einem Western ihre Kanonen. Die Trüpiden überlebten dieses Duell nicht. Marshal Ricardo blies wie Clint Eastwood den Rauch aus dem Lauf, nur rauchte im 25. Jahrhundert nichts, es waren schließlich Laserkanonen. „Gut, dass du deine Kanone in deinem Pelz verstecken konntest, alter Freund.", freute sich Stan. „Ja, sonst fühle ich mich wirklich sehr nackt.", erwiderte Korogon lachend. „So Männer, Planänderung. Über den Übersetzungskommunikator lotsen wir so viele Trüpiden wie möglich hierher. Korogon und ich verstecken uns vor der Tür des

Amtssitzes und versuchen mit dem Rest
fertigzuwerden. Danach greifen wir von
hinten an und nehmen die Bande ins
Kreuzfeuer.“, ordnete Marshal Thor an.
„Lass‘ mich in den Kommunikator sprechen.
Ich hörte, wie einer mit einem Krockzeck
sprach.“, so Marshal Korogon. „Mache es,
wir räumen die Leichen beiseite.“, sagte
Stan. „Ich rufe Krockzeck, ich rufe
Krockzeck!“, rief Korogon in den
Kommunikator. „Du hörst dich so anders an,
Nimzock. Was ist los?“, ertönt es aus dem
Kommunikator. „Die Erze stören den
Kommunikator. Wir haben eine Goldgrube
gefunden. Erze in Hülle und Fülle. Kommt
herunter um uns zu helfen. Der Frachter soll
sich bereit machen und die Schutzschilder
runterfahren.“, befahl Korogon per
Übersetzungskommunikator. „Unser
Frachter hat gar keine Schutzschilder.
Nimzock, bist du das wirklich?“, ertönte es.
Die Sache schien aufzufliegen. Da fand Stan
bei einem getöteten Trüpiden eine Flasche
Plohm, das ist ein alkoholisches Getränk auf
Mendrock und warf sie vor Korogons Füße.

„Ich meine diese Schutzschilder, oder wie
heißt das denn, diese Schutzetiketten vom
erbeuteten Plohm, damit wir alle anstoßen
können. Wir waren schließlich erfolgreich!",
sagte Korogon. „Ha, ha, ha! Ja, du hast
Recht Nimzock! Auf den Erfolg und die
Beute!"

Die Marshals Thor und Korogon liefen
schnell zum Eingang und versteckten sich.
Die Geheimtür öffnete sich und 12 Trüpiden
gingen lachend und siegessicher den Gang
entlang, direkt in die Arme der anderen
Marshals und Deputys. Diese positionierten
sich geschickt zwischen den Felsen. Thor
und Korogon warteten etwas, danach
erstürmten sie den Amtssitz. Die beiden
übriggebliebenen Trüpiden waren ein
leichtes Spiel für die Marshals. „Jetzt zu den
anderen!", rief Korogon, nachdem er sah,
dass die Führer des Planeten Mendrok
unverletzt waren. „Warte, ich kontaktiere
das Raumschiff. Marshal Thor an das
Raumschiff STAR MAR 8. Bitte melden."
„Hier Captain Lydia Gohr. Stan, seid ihr

unverletzt?" „Ja, Lydia, sind wir. Auf mein Zeichen legt ihr euch mit den drei Raumschiffen an, nehmt auch den Frachter in Angriff!", so der Marshal. „Geht klar, viel Glück euch!", so Lydia Gohr. Von weitem hörten die beiden Marshals schon die Strahlenkanonen. Gains, Stark, Ricardo, Norgon und Fenston schossen aus allen Rohren. Norgon war leicht verletzt. Die Trüpiden hatte größere Verluste. Drei von ihnen hatten gut geschützte Verstecke. Plötzlich standen die Marshals Thor und Korogon hinter ihnen. „Im Namen des Gesetztes des STAR MARSHAL OFFICE! Ihr seid verhaftet, legt die Waffen nieder und ergebt euch!" Die drei Trüpiden drehten sich um und zogen ihre Waffen. Aber die Marshals waren schneller. Durchbohrt mit zahlreichen Schusswunden sackten die Trüpiden zusammen. Stan Thor gab sofort das Zeichen zum Raumschiff, damit Lydia handeln konnte.

 Captain Lydia Gohr ließ die STAR MAR 8 etwa 5000 Meter neben dem eigentlichen

Aufenthaltsort projizieren. Über den erbeuteten Übersetzungskommunikator rief Marshal Stan Thor die Raumschiffe auf, sich zu ergeben. Er selbst und die anderen blieben noch auf dem Planet Mendrok, falls die Trüpiden weitere Kämpfer schicken sollten. Außerdem war es zu gefährlich, jetzt den Körpertransporter einzusetzen. Die Trüpiden Schiffe umzingelten die projizierte STAR MAR 8 und feuerten aus allen Kanonen. Sie besaßen Plasma-Bomben, die die STAR MAR 8 sofort vernichten könnte. Captain Gohr blieb auf ihrer verdeckten Position. Marshal Thor rief nochmals über den Übersetzungskommunikator: „Im Namen des Gesetztes… ergebt euch!"… … … Jetzt war Lydia Gohr gefragt. „Antimaterie-Werfer ausrichten. Auf Fluchtgeschwindigkeit vorbereiten. Mit den Körpertransportern die Mannschaft auf dem Planet erfassen. Navigator, beobachten sie den Frachter, der will fliehen!", befahl Gohr. „FEUER FREI!"

Die Trüpiden merkten viel zu spät, dass sie aus einer anderen Richtung angegriffen wurden. Die starke Feuerkraft der STAR MAR 8 vernichtete die drei Raumschiffe sofort. „Holt uns an Board.", sagte Stan Thor über L-Com. „Jetzt den Frachter verfolgen.", so Lydia Gohr. Sie stellten den Frachter und verhafteten die Crew. Der Frachter wurde den Beamten des Planeten Mendrok übergeben, um technische Informationen über die Eindringlinge zu erhalten. Die Crew des Frachters wurde eigesperrt und wartete nun auf ein Gerichtsverfahren.

„Bin ich froh, dass ihr alle wieder auf dem Schiff seid. Wie sieht es heute Abend mit einem Rendezvous in der Schiffsbar aus, Stan?", fragte Lydia. „Ich freue mich darauf.", erwiderte Stan. „Wir setzen die Ganoven auf Ursus 4 ab. Dort ist ein Sicherheitsgefängnis. Es sind nur wenige Lichtjahre Umweg, dann haben wir das Gesindel nicht so lange auf unserem Schiff.", ordnete der Marshal an. Das

Polizei-Raumschiff startete zu diesem
Planet. Der Eintrag ins Logbuch lautete:
„Auftrag mit Erfolg durchgeführt. Die
Führung auf Mendrok ist befreit. Auf
unserer Seite keine Verluste. 18 Gefangene,
die zu Ursus 4 gebracht werden.
Voraussichtliche Rückkehr zum Mars in
etwa 100 Stunden nach Erdenzeit. Captain
Gohr… Ende.“

In der Schiffsbar trafen sich abends die
Marshals, Deputys und Crewmitglieder der
STAR MAR 8. Es wurde gefeiert, gelacht und
erzählt. Der Nahrungsreplikator erzeugte
Weine aus einer längst vergessenen Zeit.
„Ich habe da mal eine Frage, Captain. Wie
haben Sie damals entdeckt, dass es
außerhalb des Universums noch Raum gibt?
Ich dachte, das Universum ist endlich.“,
fragte Deputy Norgon. „Eigentlich wollte ich
mich jetzt amüsieren, Deputy, aber ich
erkläre es ihnen gerne. Ich war gerade zwei
Monate Captain auf dem Technikraumschiff
LOGROS 07. Es war vollgepackt mit der
neusten, aber ungeprüften Technik. Es

waren Antriebserfindungen, es wurde mit
Materie, Antimaterie, Dunkle Energie, usw.
experimentiert. Prof. Isaak Greg war immer
schon der Meinung, dass alles wie im
Kleinen, so auch im Großen ist. Das Elektron
kreist um den Atomkern, der Mars kreist
um die Sonne, die Sonne kreist in der
Milchstraße um ein Schwarzes Loch.
Galaxien kreisen um riesige Schwarze
Löcher. Und was ist mit dem Universum? Ist
danach das Nichts? Wir testeten gerade
einen neuen Antrieb mit der Dunklen
Energie. Plötzlich waren wir nicht mehr im
feststofflichen Universum, sondern in der
Dunklen Materie. Wir schossen durch das
Universum und wurden aus diesem
katapultiert. Wir knallten nicht etwa an eine
Wand, an ein Ende des Universums. Nein,
der Raum, in dem sich das Universum
ausdehnt, ist viel größer. Das Raumschiff
stoppte irgendwann. Als wir im Ansatz
realisiert haben, was da eigentlich passiert
ist, sahen wir unser Universum so groß wie
eine Wassermelone auf den Monitoren. Wir
stellten die Außenkameras auf

Rundumsicht. Wir sahen viele andere
Universen. Prof. Isaak Greg nannte diesen
Raum das Omnium. Wie viele Universen das
Omnium beinhaltet, wissen wir noch nicht."
Der Deputy bedankte sich und ging zur Bar,
um mit seinen Freunden darüber zu
diskutieren.

„Stan, hier ist mir heute zu viel los, lass' uns
in meine privaten Räume verschwinden.",
schlug Lydia vor. Beide schlichen sich aus
der Bar und verbrachten eine herrliche
Nacht zusammen.

„Navigator an den Captain. Wir nähern uns
Ursus 4.", ertönte es aus dem L-Com. „Ich
komme sofort auf die Brücke.", antwortete
Lydia Gohr. „Liebster, kümmerst du dich um
die Gefangenen? Aber sei vorsichtig."

Die 18 Gefangenen wurden abgeliefert. Nun
nahm das Polizei-Raumschiff Kurs auf den
Mars.

Alle Systeme arbeiteten einwandfrei.
Plötzlich meldete sich die Stimme des

Bordcomputers: „Warnung! Die Nähe eines Schwarzen Lochs wird registriert! Warnung!" „Captain, ich habe das Schwarze Loch auf dem Schirm. Es liegt auf unserer Route. Das Schwarze Loch hat seine Position stark verlagert, unsere Weltraumkarten müssen neu erfasst werden.", so der Navigator. „Übermitteln sie alle Daten zu allen 128 Planeten, die dem STAR MARSHAL OFFICE angeschlossen sind. Geben sie eine allgemeine Warnung aus.", befahl Captain Lydia Gohr. „Objekt von Backboard!", schrie der Wissenschaftsoffizier. Zu spät. Ein riesiger Eisbrocken, angezogen durch das Schwarze Loch, kollidierte mit der STAR MAR 8 und riss das Raumschiff in Richtung Schwarzes Loch. „Gegensteuern! Volle Kraft!", rief Gohr. „Eine Antriebsgondel ist beschädigt. Ich kann sie nicht aktivieren. Wir werden vom Schwarzen Loch angezogen!", so der Wissenschaftsoffizier. „Können wir durchfliegen oder werden wir zerfetzt?", sorgte sich Deputy Fenston. „Wer durch ein Schwarzes Loch fliegt, steuert innerhalb dessen auf ein Weißes Loch zu. Der Endpunkt ist ein Paralleluniversum zu unserem. Aber das ist Theorie, pure Theorie!", erklärte Captain Lydia Gohr. „Die linke Antriebsgondel ist abgerissen!", so der Navigator. „Wir geben die STAR MAR 8 auf. Geben sie einen Bericht zum Mars. Alle Mann von Bord. Besetzt die Fluchtkapseln. Ich bleibe so lange wie möglich auf dem Raumschiff und versuche die Stellung zu halten!", rief Gohr. „Wir bleiben!", rief der Navigator. „Das ist ein Befehl! Alle Mann von Bord!", bekräftigte Gohr. „Ich bleibe, Lydia.", flüsterte Stan Thor.

Die Fluchtkapseln schossen mit Lichtgeschwindigkeit in Richtung Mars. „Ich bereite unsere Fluchtkapsel auch vor, Lydia.", sagte Stan. Stan packte auch etwa zwei Kilogramm Krysilium ein. Damit wollte er im Mars-Hauptquartier experimentieren. „Computer, wann müssen wir spätestens das Raumschiff verlassen?", fragte Gohr. „Sie erreichen den gefährlichen Einzug in genau 3 Minuten und 45 Sekunden. Sie erreichen den Kern in 4 Minuten und 23 Sekunden. Heute ist das Wetter auf der Erde in Kalifornien sonnig. Sie sind Schach-Matt in zwei Zügen. Sie sind schwanger, Captain. Sie haben noch drei krotiokorendrendrum….", antwortete der Computer und versagte völlig. Die STAR MAR 8 drehte sich immer schneller, wurde immer näher angezogen. Die Außenkameras versagten. Das Lebenserhaltungssystem versagte. Immer mehr Systeme fielen der Anziehungskraft und dem enormen Druck zum Opfer. Lydia und Stan saßen gefangen in der Fluchtkapsel. Der kleine Monitor funktionierte noch. Die Frage war nun, wann ist der richtige Augenblick zum Starten? Geht es dann tiefer in das Schwarze Loch oder schaffen sie den Sprung in die Freiheit. „Durch die Drehbewegung habe ich berechnet, dass die zweite Antriebsgondel des Schiffs in Richtung Kern zeigt. Wir gehen auf Fluchtgeschwindigkeit und gleichzeitig schieße ich auf die Gondel. Wenn sie explodiert wird die freiwerdende

Kraft uns helfen freizukommen.", schlug
Lydia vor. „Ja, ist natürlich Theorie, ist
schon klar.", lachte Stan mit Galgenhumor.
„Übrigens lautet die letzte Botschaft der
Crew, dass alle in Sicherheit sind.", ergänzte
er noch.

Das Raumschiff drehte sich schneller und
schneller. Lydia leitete die geplante Aktion
ein. Ein Lichtblitz, denken war jetzt
unmöglich, Angst haben war unmöglich,
beide umarmten sich. Als die
Antriebsgondel der STAR MAR 8
explodierte, setzte sie eine enorme Kraft
frei, gleichzeitig ging die Fluchtkapsel auf
Lichtgeschwindigkeit.

„Captain Lydia Gohr an die Crew der STAR
MAR 8. Meldet euch. Die STAR MAR 8 ist
explodiert, Marshal Thor und ich sind
gerettet. Bitte melden.", funkte Captain
Lydia Gohr in den Raum. Keine Antwort.
Ohne es zu wissen, gab es plötzlich zwei
Realitäten… es gab zwei Lydia Gohr… es gab
zwei Stan Thor…

Durch die Anziehungskraft des Schwarzen Lochs und die gleichzeitige Lichtgeschwindigkeit des Raumschiffs, zusätzlich auch noch um die eigene Achse, gab es zwei Zeitsprünge. Eine Realität begann 1880 mitten im Wilden Westen. Die andere Realität begann 1957 auf Sylt.

„Unsere Fluchtkapsel ist zu schnell, Lydia!", rief Stan. „Ich weiß, ich versuche alles. Es ist unmöglich zu navigieren. Wir fliegen auf eine Insel zu.", so Lydia. Die Fluchtkapsel schoss auf eine Düne zwischen List und

Kampen zu. Ungebremst, aber in einem flachen Winkel, setzte sie zwei, drei Mal auf den Sand auf und hob wieder in die Lüfte ab. Etwa 20 Kilometer über Sylt konnte Lydia die Fluchtkapsel stabilisieren. „Wir werden langsam auf die Insel trudeln. Die Antriebseinheiten sind leer. Ich versuche westlich von der Insel ins Meer einzutauchen.", sagte Lydia.

Das alles wurde von zwei Polizeibeamten beobachtet. Es handelte sich dabei um Kriminalhauptmeister Werner Feddersen und Kriminalmeister Robert Andresen. Beide haben es niemals erwähnt. Werner Feddersen sagte Jahrzehnte später zu seinem Sohn: „Zu meiner Berufszeit hätte und durfte ich darüber nie sprechen dürfen. Dann wäre meine berufliche Laufbahn zu Ende gewesen. Wir waren auf der Panzerstraße vor List unterwegs. Eigentlich war es ein offizieller Einsatz. Wir sollten zum Leuchtturm West fahren. Wir sahen einen Leuchtpunkt zwischen den Wolken. Es war um etwa 9 Uhr. Die Sonne stand rechts von uns. Wir stiegen aus dem Auto, es war Roberts Privatwagen. Wir wollten das Objekt direkt sehen, ohne Spiegelungen der Autoscheibe. Einen DKW hatte Robert. Der Leuchtpunkt wurde greller, er kann aber auch ganz einfach näher gekommen sein. Wir wussten nicht, wird er nur heller oder kommt er auf uns zu. Dann hörten wir einen lauten Knall. Der

Leuchtpunkt war aber immer noch zwischen den Wolken. Später vermuteten wir, es muss etwas mit der Überschallgeschwindigkeit zu tun haben. Plötzlich wurde aus dem Leuchtpunkt ein Objekt. Es taumelte. Das Objekt sah metallisch aus, eher oval, nicht rund. Es taumelte wie ein Schiff auf der Nordsee. Plötzlich zündeten irgendwelche Düsen, die zur Erde gerichtet waren. Es schien abzustürzen, es kam näher und näher. Es war so nahe, wir erkannten eine Zigarrenform, ohne Flügel, ohne Fenster. Lediglich Düsen waren zu erkennen. Vier hinten, vier um das Objekt verteilt, eine vorne. Mein Gott, schrie ich, das ist ein UFO! Wir suchten Deckung links neben der Panzerstraße

im Graben. Das UFO schoss
auf die Dünen zu, taumelnd
schaffte es das UFO, dass es
im flachen Winkel einschlug.
Wieder ein lauter Knall. Mit
eigener Kraft stieg es wieder
auf. Es gewann an Höhe und
flog in Richtung Westen ab.
Ein weiterer Knall ertönte
und das Objekt war
verschwunden.

Robert und ich fanden einen
Gegenstand an der
Einschlagstelle, ein Teil der
vorderen Düse, leicht wie
Kunststoff war es. Das Labor
stellte fest, es war härter als
Stahl. Ja, das war 1957.

Danach gründete ich das Sonderdezernat HÖRNUM 1."... soweit die Ausführungen des Kriminalhauptmeisters.

Nachdem Lydia die Fluchtkapsel in der Nordsee notlanden konnte, schwammen sie mit letzter Kraft an den Strand von Westerland. Sie bauten sich eine neue Identität auf. Die Fluchtkapsel hatte einen funktionierenden Tarneffekt. Auf Sylt eröffneten Lydia und Stan eine Tauchschule. In der Freizeit brachte Stan die in 20 Meter tiefe liegende Fluchtkapsel wieder auf Vordermann. Sie wussten, dass Sylt oder zumindest dieses Jahrhundert ihre Zukunft sein würde. Beide angergierten sich sehr, die Insel zu retten. In der Realität

2485 gab es Sylt nämlich
leider nicht mehr. Von nun an
nannten sie sich Lydia und
Sven Thorsten. Nach dem
Brand 1950 im Rathaus in
Westerland gaben sie dies so
an. Ihr Wissen gaben sie an
ihre Kinder weiter. Von
Generation zu Generation
waren sie mit daran beteiligt,
den Flughafen zu vergrößern,
den Hindenburgdamm
Vierspurig für KFZ
umzubauen und eine erste
Raumschiffbasis zu
errichten. Um die
Fluchtkapsel herum wurde in
20 Meter tiefe eine
Raumschifffertigungshalle
errichtet. So war dieser
Zeitstrahl. Heute ist das Jahr
2485. Nur durch das geheime
Raumschiff GALAXIE wurde
die Erde gerettet. Von Sylt
aus, 15 Kilometer westlich
von Westerland aus.

Und dies ist die andere Realität…

Das Raumschiff drehte sich schneller und schneller. Lydia leitete die geplante Aktion ein. Ein Lichtblitz, denken war jetzt unmöglich, Angst haben war unmöglich, beide umarmten sich. Als die Antriebsgondel der STAR MAR 8 explodierte, setzte sie eine enorme Kraft frei, gleichzeitig ging die Fluchtkapsel auf Lichtgeschwindigkeit.

„Captain Lydia Gohr an die Crew der STAR MAR 8. Meldet euch. Die STAR MAR 8 ist explodiert, Marshal Thor und ich sind gerettet. Bitte melden.", funkte Captain Lydia Gohr in den Raum. Keine Antwort. „Vielleicht ist unser L-Com beschädigt, lass' uns in Richtung Mars fliegen.", schlug Stan vor.

Die Zeit verging. „Ich bin übrigens schwanger.", freute sich Lydia. „Was? Ich werde Vater! Klasse!", freute sich Stan ebenso. Der Mars war in Sicht.

„Was ist das denn? Der Mars ist unbewohnt. Wo sind unsere Städte? Wo ist mein Haus?", Stan war unangenehm überrascht. „Es kann sich nur um einen Zeitsprung handeln. So etwas ist noch nie geglückt. Aber was heißt geglückt.

Jetzt sind wir mittendrin. Was erwartet uns? Etwa Dinosaurier?", analysierte Lydia. Sie flogen in Richtung Erde. „Ich analysiere in Europa eine hohe Bevölkerungsdichte. Mein Vorschlag ist es, wir landen geschützt im Gebiet der Rocky Mountains. Wir sind übrigens mitten im Wilden Westen.

Hier können wir uns am besten eine neue Identität aufbauen.", schlug Stan vor. „Gut, ich bin einverstanden. L-Com stelle ich auf SOS. Die Energie reicht für Jahrhunderte.", so Lydia. Die Fluchtkapsel näherte sich der Stratosphäre. Lydia fuhr die Flügel aus. Jetzt sah die Fluchtkapsel wie ein

Fluggleiter aus. „Ich stelle auf
Schubumkehr, halte dich gut fest,
Stan." Lydia landete den Gleiter
vorsichtig zwischen Felsen nahe Colorado
Springs.

Colorado Springs wurde gerade gegründet. „Ich erkenne Menschen in etwa 500 Meter Entfernung auf dem Monitor. Sie sind verletzt.", sagte Lydia. Lydia und Stan stiegen aus dem Gleiter und wollten zu den Verletzten, um ihnen zu helfen. Es war eine Familie, die auf dem Weg nach Colorado Springs war. Nur der Vater lebte noch. „Wo ist meine Frau? Wo meine beiden Kinder? Unser Erspartes, wo ist das?", stammelte er schwerverletzt. „Alles ist in Ordnung. Ruhen sie sich aus, wir versorgen sie und ihre Familie.", tröstete Lydia den Mann. Der Mann starb in ihren Armen. Alle wurden erschossen, das ersparte Geld war verschwunden. Ein Goldnugget fanden sie versteckt im Planwagen. Lydia und Stan zogen die Kleidung des Paares an. Stan nahm noch sein Krysilium mit, außerdem einige Bordwerkzeuge. Die Strahlenkanonen nahmen sie nicht mit, auch keine Kommunikatoren. Jetzt fuhren sie mit dem Planwagen nach Colorado Springs. Dort angekommen, verschafften sich Lydia und Stan zunächst einen Überblick. In der Bank gaben sie das Gold ab und tauschten es gegen Dollar ein. Danach wollten sie ins Hotel. „Suchen sie eine Bleibe für ihre beiden Pferde?", fragte ein Junge. „Für einen viertel Dollar sorge ich dafür, dass die Pferde Futter erhalten, striegele sie und der Planwagen wird gut untergestellt."

„Wer bist du denn?", fragte Stan. „Pedro, ich bin Pedro. Ich sorge für meine Familie.", antwortete der Junge. Stan gab ihm einen ganzen Dollar und sagte: „Mein Name ist Marshal Thor. Wo lebt deine Familie?" „Waas? Sie sind Marshal? Ein echter Marshal?", staunte Pedro. „Ja, mein Junge, bin ich.", so Marshal Stan Thor, „Und das ist meine Begleiterin, Captain... äh, nein, ach nenne sie einfach Ms. Gohr." „Mr. Marshal, sie finden meine Familie, mich und ihren Planwagen am Ende der Straße auf der rechten Seite.", so Pedro und fuhr mit dem Planwagen los. Im Hotelzimmer überlegten Lydia und Stan ihre weitere Vorgehensweise. „Sollte die Welt im Jahr 2480 uns finden, sind wir gerettet. Wenn nicht, dann sitzen wir im Jahr 1880 fest. Aber wir machen das Beste daraus, Lydia. Ich besorge mir zunächst einmal einen Colt, für alle Fälle.", sagte Stan. „Gut, bringe mir auch einen mit. Ich bestelle inzwischen etwas zu Essen.", ergänzte Lydia. Stan besorgte eine gute Ausrüstung. „Na, damit können sie ja Sitting Bull alleine besiegen.", lachte der Verkäufer des Geschäftes, in dem es einfach alles gab. „Ja sicher, ich hörte, dass der Wilde Westen ganz schön wild sei. Ich nehme noch eine Tüte Lutscher.", sagte Stan Thor. Auf der Straße traf er Pedro, der gerade verkünden wollte, dass er einen echten Marshal kennt. „Pedro!", rief der Marshal, „Höre mir einmal zu. Verrate noch nicht, dass ich Marshal bin. Ich habe einen Geheimauftrag, weißt du. Hier habe ich Süßes für dich und deine Freunde." „Verstehe, Marshal. Ich verrate nichts. Können sie denn auch meinem Vater helfen?", fragte Pedro. „Später, mein Junge, später."

In Colorado Springs eröffneten immer mehr Saloons. Es floss viel Alkohol, der ein oder andere Tote war zu beklagen. Viele Familien zogen von Norden nach Süden, von Osten nach Westen, es war der Goldrausch, der alle in seinen Bann zog. Glück und Unglück lagen nahe beieinander. Der Sheriff der Stadt hatte viel zu viel zu tun. Die Zeit verging. Lydia und Stan ließen sich in der Kirche trauen. In 4 Wochen erwarteten sie ihr erstes Kind. „Wird es ein Mädchen, könnte es Selina heißen, wird es ein Junge, dann Korogan, den Namen gibt es auf Mendrok.", sagte Stan begeistert. Lydia lachte laut: „Stan, wir befinden uns im Jahr 1880 auf der Erde. Wir müssen Namen aus diesem Jahrzehnt auswählen. Wie wäre es mit Joe oder Elizabeth?" „Ist in Ordnung. Hauptsache gesund.", so Stan. Es wurde dann doch ein Joe. „Das ist jetzt bestimmt Höhere Mathematik, Lydia.", sagte Vater Stan. Mutter Lydia darauf: „Verstehe ich jetzt nicht, Liebster." „Nun ja, es war eine schöne Nacht 2480. Jetzt, 1880, wurde unser Sohn geboren, dann ist er jetzt doch Minus 600 Jahre alt!", lachte Stan. Beide nahmen sich in den Arm und waren glücklich.

Lydia fand eine Anstellung im Kolonialwarengeschäft Smith & Co. Stan wurde Viehtreiber, ein echter Cowboy also. Es hatte alles sehr wenig mit den Showduellen im Entspannungsraum auf dem Mars zu tun. Und mit dem Sheriff aus Omaha, die Geschichten vom Opa, gab es auch nicht viel Ähnlichkeit. Es war als Cowboy ein harter Job. Abends sprachen die Eheleute dann über ihren erlebten Tag. „War Joe brav heute?", fragte Stan. „Sehr sogar. Wenn alle so brav sein würden. Du bist ja auf der Ranch. Aber hier in der Stadt wird es immer gefährlicher. Es entsteht ein richtiger Bandenkrieg.", mit ängstlicher Stimme sagte Lydia diese Worte. „Und der Sheriff? Kommt er noch zurecht?" „Nein, die Übermacht ist zu groß."

In der Freizeit arbeitete Stan auf dem Hof von Pedro an seinem speziellen Colt. Er baute eine größere Trommel ein. Jetzt hatte der Revolver neun Schuss. Für die letzten drei Patronen verwendete er Krysilium. Nur eine Winzigkeit sorgte für eine Explosion, ähnlich wie Dynamit. Die Trommel ließ sich leicht entnehmen, eine gefüllte Ersatztrommel hatte Stan immer in der Tasche. Aber er hatte noch mehr vor, aber alle Arbeiten kosteten sehr viel Zeit. „Mr. Marshal, darf ich dich etwas fragen?", so Pedro.

„Natürlich, mein Junge. Was bedrückt dich?" „Mr. Marshal, es geht um meinen Vater. Er ist von einer Bande verschleppt worden. In einer Mine muss er arbeiten. Der Sheriff sagt, er wäre in Omaha. Aber dort sei er nicht zuständig. Mr. Marshal, kannst du helfen?" „Ich werde dir und deiner Familie helfen. Ihr habt mir und meiner Frau geholfen. Bei euch ist Joe geboren worden und ihr passt gut auf mein Kind auf. Ich verspreche, ich helfe dir."

Abends besprach Stan alles mit seiner Frau Lydia. Lydia hatte schlechte Nachrichten. In zwei Tagen erscheint hier in Colorado Springs die Stanton-Bande. Der Sheriff mobilisiert gerade Helfer. Aber wer wird schon mit Revolverhelden fertig? „Lass' mich überlegen, Lydia. Bleibe du an dem Tag im Geschäft und lasse dich nicht auf der Straße sehen. Unser Joe ist bei Pedro gut aufgehoben. Schlafen wir jetzt.", beruhigte Stan seine Frau.

Stan nahm sich für den besagten Tag frei. Er hatte so gute Arbeit geleistet, dass der Rancher Cliff Dorn ihm gern diesen Wunsch erfüllte. Morgens brachten Lydia und Stan ihren Sohn zu Pedro. Lydia ging normal zur Arbeit. Vor dem Laden stand eine Bank. Stan Thor setzte sich mit einer Zeitung darauf und beobachtete alles. Der Sheriff war sehr nervös. Er verteilte seine Helfer. Stan Thor erinnerte sich gern an seine Deputys. Wenn er jetzt die Truppe hätte... aber die war 600 Jahre entfernt. Plötzlich kam ein Reiter und rief: „Sie kommen! Bringt euch in Sicherheit! Sie kommen!"

Eine dramatische Situation entstand. Der Sheriff stellte sich wagemutig mitten auf die Straße. „Das ist ja Wahnsinn.", dachte sich Marshal Stan Thor. Die

Bande ritt in die Stadt ein. Angeführt
von Bill Stanton. Fünfzehn Männer
saßen bis an die Zähne bewaffnet auf
ihren Pferden. Die Bewohner von
Colorado Springs versteckten sich. Zwei
Helfer des Sheriffs hatten die Hose voll
und liefen einfach in die Kirche. „Wie ist
die Lage, Stan?", flüsterte Lydia durch
die etwas geöffnete Ladentür. „Die
Bande fühlt sich sehr sicher, sie haben
sich nicht verteilt. Ich hoffe es sind
nicht mehr. Ansonsten... Fünfzehn auf
einen Streich."

Immer näher kam die Bande. Mit ihren
Revolvern und Gewehren zielten sie auf
Fenster und Türen. Sie schossen nicht,
aber verbreiteten so Angst und
Schrecken. Jetzt ritten sie an Marshal
Stan Thor vorbei. Mit der Zeitung
verdeckte er seinen umgebauten Colt.
Nun standen die fünfzehn Männer vor
dem Sheriff. Marshal Thor war in ihrem
Rücken. „Mach' dich aus dem Staub,

Sheriff. Wir übernehmen die Stadt.", befahl Bill Stanton. „Ich verhafte euch im Nehmen des Gesetzes.", antwortete mutig der Sheriff. Die Männer positionierten sich nebeneinander vor dem Sheriff. Langsam erhob sich Marshal Stan Thor und suchte Schutz vor einem Pfosten. Lässig lehnte er sich daran, aber mit der Hand am Colt. „Ihr habt gehört, der Sheriff hat euch etwas gesagt. Ich sage hiermit, legt die Waffen nieder." Drei Männer drehten ihr Pferd in Richtung Marshal. „Wer sagt das?" „Mein Name ist Marshal Stan Thor und nun runter mit den Waffen."

Die Männer zogen ihre Revolver. Stan Thor war klar schneller. Noch drei Schuss waren offiziell in der Trommel. Bill Stanton schoss auf den Sheriff. Am Boden liegend erschoss dieser zwei Männer. Dann traf ihn eine weitere Kugel. Jetzt drehten sich zehn Männer zu Marshal Stan Thor. „Was war noch,

Großmaul? Was willst du mit deinen drei Kugeln ausrichten?", so Stanton. „Ich warne euch ein letztes Mal, Waffen fallen lassen.", so der Marhal. „Macht ihn fertig!", schrie Stanton. Noch ehe die Bande ihre Kanonen ziehen konnten, erschoss der Marshal mit den drei Kugeln Bill Stanton, danach schoss er mit den Krysilium-Patronen in die Mitte der Bande. Die heftigen Explosionen warfen die Männer von den Pferden. „Nun noch einmal, ich verhafte euch im Namen des Gesetzes.", sagte der Marshal mit ruhiger Stimme, dabei setzte er die nächste gefüllte Trommel ein. Jetzt kamen die Helfer des Sheriffs aus ihren Verstecken und brachten die Überlebenden ins Gefängnis.

Der Sheriff wurde verarztet. Noch lange Zeit erzählten sich die Bürger von Colorado Springs dieses Duell. „Ich bleibe solange mit meiner Familie in der Stadt, bis sie gesund sind, Sheriff.", sagte der

Marshal. „Einen Mann wie sie könnten
wir hier gut gebrauchen. Ich danke
ihnen im Namen der Stadt Colorado
Springs. Ich verdanke ihnen mein Leben,
Marshal.", so der Sheriff. „Leider muss
ich ablehnen. Ich habe einem kleinen
Jungen etwas versprochen. In der
nächsten Woche geht es nach Omaha."

Der Tag des Abschiedes aus Colorado
Springs nahte. Familie Thor wurde mit
großem Beifall verabschiedet. Stets
überdeckte Marshal Stan Thor das Wort
STAR auf seinem Marshal-Abzeichen. Im
25. Jahrhundert trugen die Marshals
das Abzeichen, da sie sich mit den US-
Marshals im 19. Jahrhundert verbunden
fühlten. Um eine neue Identität
aufzubauen, ließen sich Lydia und Stan
ihre Dienste in Colorado Springs
schriftlich bestätigen. Später nannte
man dies dann Arbeitszeugnis. Jetzt
waren beide echte Amerikaner aus dem
19. Jahrhundert. „Ich werde nach Omaha

telegrafieren, dass ich sie als Sheriff empfehle, Mr. Thor. Das ist das Mindeste was ich tun kann, um ihnen das Leben dort zu vereinfachen.", versprach der Sheriff von Colorado Springs.

Der Weg nach Omaha war lang und beschwerlich. Über 600 Meilen waren zurückzulegen. Der alte Planwagen musste oft von Stan repariert werden. Es war heiß. Die Sonne war mörderisch. Langsam gingen die Essens-Vorräte zu Ende. Wasser hatten sie genug, denn die Bewohner in Colorado Springs empfahlen die Route am Platte River entlang. Die Stadt Lexington war das nächste Ziel, um alle Vorräte aufzufüllen. In Lexington erwarb Stan zwei Reitpferde und alles was nötig war, um den Rest der Reise zu überstehen. Nach zwei Tagen ging es weiter in Richtung Omaha.

Die Fahrt wurde jetzt abwechslungsreicher. Hin und wieder sah man nun Eisenbahnarbeiter. Der kleine Joe verfolgte alles sehr aufmerksam. Kurz vor Lincoln sahen Lydia und Stan Rauchwolken am Horizont. „Ich reite voraus und sehe mir das einmal an. Nimm das Gewehr.", sagte Stan etwas besorgt zu seiner Frau. Er selbst nahm den umgebauten Colt mit. Vor der Reise konnte Stan noch die letzte Stufe seiner Umbauaktion erledigen. Stan ritt los. Von weitem konnte er erkennen, dass Männer auf Pferden fünf Planwagen angriffen. Waren es Indianer? Stan kam näher. Es schien eine Bande zu sein. Mit Halstüchern verdeckten sie ihr Gesicht. Bis auf 1500 Meter näherte sich Stan an. Jetzt konnte er genau erkennen, dass Frauen und Kinder in den Planwagen waren. Die Väter verteidigten sich tapfer, waren aber chancenlos. Sie waren mit der Bande völlig überfordert. Stan suchte sich eine leichte Anhöhe.

Jetzt schraubte er Laufverlängerungen an seinen umgebauten Colt. Er wechselte die Trommel aus, befestigte ein Zielfernrohr und legte die Spezialmunition mit Kysilium ein. Die 1500 Meter waren locker zu schaffen. Er zielte auf die Bande. Natürlich sollten die Frauen, Männer und Kinder nicht verletzt werden. Stan schoss. Das Geschoss heulte durch die Luft. Es erinnerte Stan fast an ein startendes Raumschiff. Eine Explosion zwischen den Angreifern. Sie irrten herum. Stan schoss wieder. Eine Kugel legte er noch nach. Wieder Explosionen. Die überlebenden Angreifer suchten das Weite. Mittlerweile war Lydia mit dem Planwagen angekommen. Sie fuhren nun zu den Familien.

Die Kinder liefen Lydia und Stan schon laut rufend entgegen: „Sie haben uns gerettet, sie haben uns gerettet! Dankeschön!" Abends am Lagerfeuer erzählten alle Geschichten aus dem Leben. Für Lydia und Stan waren diese Geschichten sehr interessant, denn sie mussten sich schließlich eine Vergangenheit aufbauen. Die Gruppe kam aus Irland und wollte sich als Farmer in Amerika niederlassen. Zunächst dachten sie an das Gold. Aber als Goldgräber war es mit Kindern viel zu gefährlich. Alle zogen von Dublin aus in den Westen. „In Dublin wohnen meine Eltern.", sagte Lydia. „Ach, wie klein die Welt ist. Wo denn da?", fragte Jane McReed. „Nahe des Flughafens, äh, ich meine des Hafens.", verbesserte sich Lydia. „Ja, der Hafen zur Irischen See ist wunderbar. Wir haben ihn oft besucht.", so Jane.

Nun hatten Lydia und Stan ihre Lebensgeschichte. Zufrieden legten sich alle um das Lagerfeuer zum Schlafen.

Nach der Verabschiedung am frühen Morgen zogen die Farmer nach Westen und Lydia und Stan weiter nach Osten. In Omaha, nach langen 600 Meilen, wurden sie vom Hilfssheriff Cliff Northon freudig empfangen. „Ich habe für sie ein Hotelzimmer gebucht. Robert kümmert sich um ihr Gepäck und den Planwagen. Ruhen sie sich erst einmal gut aus."

Am nächsten Tag ging Stan ins SHERIFF'S OFFICE und erklärte sein Anliegen. „Deputy, wir wurden auf dem Weg hierher überfallen. Irische Farmer, die nun auf dem Weg nach Westen sind, können dies bestätigen. Unsere Ausweispapiere sind verbrannt. Lediglich die Arbeitspapiere für mich und meine Frau habe ich noch." „Das ist kein Problem. Ihr Ruf eilte von Colorado Springs voraus. Ich werde alles Nötige veranlassen. Aber auch die Stadt Omaha hat ein Anliegen. Unser Sheriff ist vor 6

Tagen erschossen worden. Am Sterbebett gab er mir dieses Telegramm von seinem Freund in Colorado Springs. Sie haben dort die Stadt gerettet und das Leben vieler Bewohner. Ich möchte sie zum Sheriff von Omaha vereidigen.", so der Hilfssheriff Cliff Northon. „Ich nehme den Posten gerne an.", sagte Stan Thor.

Lydia und Stan richteten sich in einem kleinen Haus am Rande der Stadt gemütlich ein. Es hätte auch noch ein größeres Haus gegeben, aber der große Stall war dann doch ausschlaggebend. Hier konnte Stan seine Arbeiten an den Feuerwaffen fortsetzen. Und gerade damit begann er sofort, während seine Frau das Haus einrichtete. Herrliche Stoffe für Vorhänge, ein wunderschönes rotes Sofa, ein Teeservice aus Germany und viele Dinge mehr, die Lust auf einen gemütlichen Feierabend machen sollten. Die Kinder aus der Nachbarschaft brachten dem kleinen Joe Spielzeug aus

Holz. Lydia fand eine Anstellung als
Lehrerin. Nun hatte sie keine
Raumschiffcrew unter sich, sondern eine
Bande lieber Kinder. Es war natürlich
eine Umstellung, von Galaxien, dem
Universum oder gar dem Omnium, auf
die Grundrechenarten umzusteigen.
Manchmal war es für Stan und Lydia
auch schwer, ihr Wissen für sich zu
behalten.

„Guten Morgen, Cliff. Ist ein herrlicher
Tag heute.", sagte Sheriff Stan Thor.
„Ja, wunderbar. Haben sie sich gut
eingerichtet, Sheriff?" „Wir sind sehr
zufrieden. Es sind so viele nette
Menschen in ihrer, sorry, unserer Stadt."
„Stimmt. Unser ehemaliger Sheriff hatte
alles gut im Griff. Wir haben nur
Probleme mit den Besitzern der Erzmine
im Norden." „Hat der Tot des Sheriffs
damit zu tun?" „Korrekt. Und ich würde
denen gern das Handwerk legen." „Sagt
ihnen der Name Pedro Morgeno etwas?",

fragte der Sheriff. „Ja, der Sheriff in Colorado Springs sendete einmal ein Telegramm. Mehrere Mexikaner wurden verschleppt. In der Mine arbeiten viele Mexikaner. Die Besitzer, die Brüder Dennon, haben eine Festung aus der Mine gemacht. Niemand kommt rein, niemand raus. Sie selbst kommen samstags zum Bier in die Stadt und nehmen Proviant mit." „Und was geschah mit dem Sheriff." „Es gibt angeblich keine Zeugen, denn die Brüder Dennon zwangen alle Besucher des Saloons sich umzudrehen. Angeblich sollte es ein faires Duell gewesen sein. Aber der alte Hardy sagte, der Sheriff wurde von zwei Mann festgehalten." „Wo finde ich diesen Mr. Hardy?", fragte der Sheriff nach. „Erschossen. Zwei Tage nach der Aussage fand ich ihn hinter dem Pferdestall." „Morgen reite ich zu der Mine, werde die Lage einmal prüfen." „Soll ich sie begleiten?" „Nein, in der Stadt muss ein Gesetzesvertreter bleiben." „Aber Pete

könnte sie begleiten. Er kennt den Weg."
„Okay, damit bin ich einverstanden."

Am nächsten Morgen starteten Sheriff
Stan Thor und Pete zur Mine. „Dort sind
die ersten Wachposten Sheriff. Wir
reiten um die Felsen herum, dann
können sie den Eingang der Mine sehen.",
erklärte Pete. Mit seinem Fernrohr sah
der Sheriff, dass die Arbeiter
ausgepeitscht wurden. Ein Mexikaner
lief davon. Er wurde von einem Aufseher
ohne zu zögern erschossen. Pete sagte: „
Das war Mike Dennon, er trägt ein rotes
Halstuch. So ein Schwein. Aber alle sind
sie Schweine." Pete war verbittert.

Am Abend beratschlagten Cliff Northon
und Stan Thor die Lage. „Wir müssen
einen Marshal und das Gericht
einschalten.", sagte Stan. „Ich dachte, sie
sind auch Marshal. So schrieb es doch
der Sheriff in Colorado Springs." „Ach,
das ist eine andere Geschichte, darüber

reden wir später. Morgen ist Samstag.
Ich nehme mir die Dennon's morgen zur
Brust."

Lydia hatte ein herrliches Abendessen
vorbereitet. „Was macht unser Sohn?",
fragte Stan. „Er wächst und gedeiht,
Liebling. Mit seinem Holzrevolver spielte
er heute mit den Kindern im Hof. Soll er
später auch einmal Marshal werden?
Was meinst Du?" „Politiker wäre mir
lieber. Wir kennen doch die
Weltgeschichte." Nach dem Essen ging
Stan noch in den Stall, den er sich zu
einem Arbeitsraum eingerichtet hatte. Es
wurde spät. „Schläfst du Schatz?" „Ich
habe noch auf dich gewartet. Die
Rechenarbeiten habe ich schon korrigiert.
Was hast du gearbeitet?" „Ich habe den
Colt weiter verbessert. Schlafe gut, mein
Darling."

Der Samstag begann ruhig. Gegen 16
Uhr trafen die Dennon's in der Stadt

ein. Nach dem Einkauf gingen Big Dennon, Jack Dennon und Mike Dennon in den Saloon. Sheriff Northon trat ein: „Mein Name ist Stan Thor, ich bin Sherif in dieser Stadt. Um mir einen Überblick zu verschaffen werde ich sie Montag besuchen." „Was sagt die Kakerlake?", murmelte Big Dennon. „Die Kakerlake will zum Tee kommen, Big Dad.", provozierte Mike Dennon. „Ach ja, Mike Dennon?" „Was willst du, Kakerlake?" „Ich nehme sie wegen Mordes im Namen des Gesetzes fest." Mike Dennon griff zum Revolver. Der Sheriff war schneller. „Drücken sie ab, sind sie eine Leiche.", sagte der Sheriff. In diesem Augenblick kam der Hilfssheriff mit einer Winchester in den Saloon und hielt die anderen Dennon's in Schach. Jack und Big Dennon verließen die Stadt mit der Androhung: „Ich hole meinen Jungen hier raus. Und dich, Kakerlake, vernichte ich mit einem Kugelhagel!"

Mike Dennon wurde eingesperrt. „Ich telegrafiere Richter Smith in Kansas City, aber das wird 30 Tage dauern, bis er hier ist.", sagte Cliff Northon. „Nun, ich bleibe dabei, Montag erledige ich die Bande. Es dürfen nicht noch mehr Menschen in der Mine sterben." „Sheriff, muten sie sich nicht zu viel zu, man lebt nur einmal. Aber bei dieser Brutalität ist es fraglich, ob es noch Menschen im Jahr 2100 gibt." „Mann, wenn sie wüssten.", murmelte Stan Thor.

Sheriff Stan Thor machte sich am Montag um 9 Uhr auf den Weg zur Mine. Der Sheriff wollte die Sonne im Rücken haben. Er beobachtete wie Big Dennon, Vater von Jack, Norman, Robert und Mike, die Wachen verteilte. Drei Mann patrouillierten um den hohen Zaun herum. Der Sheriff wartete ab, die drei Männer ritten auf den Eingang zu. Die Sonne stand gut. Das Mündungsfeuer des umgebauten Colts konnten sie bestimmt nicht erkennen. Ein gezielter 1000-Meter-Schuss und die drei Reiter starben an der Explosion. Das gut gesicherte Eingangstor brach zusammen. Die Dennon's und ihre Revolverhelden rannten aus dem Haus, schossen wild um sich und suchten Schutz. Der Sheriff ortete jeden von ihnen. Er schoss auf die Pferdetränke... eine gewaltige Explosion durch das Krysilium töte den Revolvermann. Der nächste 1000-Meter-Schuss traf das Haupthaus, es ging in Flammen auf. Die Sache lief gut. Plötzlich bemerkte der Sheriff, dass hinter seinem Rücken eine Handvoll Männer auf ihn zugeritten kamen. Der Sheriff ritt um den Hügel herum, um zurück in die Stadt zu kommen. Dort angekommen sah er die aufgeregten Bürger. Mike Dennon überrumpelte den Hilfssheriff und bot den Revolverhelden Ross und Clark 500 Dollar für die Ermordung von Sheriff Thor. Clark brachte noch seine fünf Freunde mit.

„Sheriff, ich habe einen Fehler gemacht.
Jetzt wird die Bande unsere Stadt in
Schutt und Asche legen.", wimmerte
Cliff Northon.

Alles beruhigte sich wieder, denn Sheriff
Thor sagte mit seiner beruhigenden
Stimme: „Alles wird gut, Leute. Ich
nehme den Kampf auf. Wie in Colorado
Springs benötige ich den schnellsten
Reiter unter euch. Er muss frühzeitig
ankündigen, wann die Bande von der
Mine aus losschlagen will." Stan ließ
seinen alten Planwagen aus dem Stall
holen. „Ist der schwer zu schieben...
Sheriff... was haben sie hier verbaut?",
rief Pete und quälte sich mit vier
weiteren Männern. Den Wagen ließ der
Sheriff vor das Office schieben. Man sah
wohl, dass die Holzräder durch
Stahlräder ausgetauscht wurden. Aber
der Rest schien Holz zu sein. Er war nun
höher als sonst, das sah man aber nicht,
da das bogenförmige Planwagendach viel

verdeckte. Die Bürger sollten in ihren Häusern bleiben. Lydia und Joe versteckten sich im Office. „Sie kommen! Sie kommen!", rief der Beobachtungsposten. Jetzt war die Stadt totenstill. Aus zwei Richtungen griffen die Revolverhelden an. Sie sahen den Planwagen und den Sheriff darin, sofort schossen sie aus allen Rohren. Das Planwagendach wurde weggeschossen. Der Wagen wurde durchlöchert. „Wir haben ihn! Legt die Stadt in Schutt und Asche!", schrie Big Dennon. Wie aus dem Nichts stand plötzlich der Sheriff im Planwagen und schoss im Zehntelsekundentakt auf alles was sich bewegte. Auf seinem Colt war ein langer Schacht angebracht, in dem 100 Schuss Munition waren. Die Revolverhelden waren irritiert und schossen entweder weiter oder suchten Schutz im Saloon. Der Sheriff setzte das nächste Magazin auf. Nun war die Munition mit Krysilium bestückt. 100 Schuss...

unendliche Explosionen... es gab um den Planwagen herum nur noch Tote. Das Magazin war leergeschossen. Jetzt setzte Stan Thor die umgebaute Trommel mit 9 Schuss wieder in den Colt ein. Langsam ging er zum Saloon. Robert Dennon war noch nicht erledigt. Von einer Kugel getroffen stand er auf, versteckte sich hinter dem Planwagen und zielte auf den Sheriff. „Kakerlake, du bist jetzt dran!" Der Sheriff war in der Falle, er stand zwischen Planwagen und Saloon. Ein Schuss fiel. Robert Dennon brach zusammen. Lydia zielte genau. Als Captain der STAR MAR 8 war sie geschult. „Und jetzt mache sie fertig, Sheriff!", rief sie ihrem Mann zu. Vier Mann standen vor dem Saloon und waren geschockt. Sie zogen ihre Kanonen und schossen auf den Sheriff. Die Kugeln landeten im Sand, der Sheriff war noch zu weit entfernt. Die Männer luden nach. „Ihr seid verhaftet, legt die Waffen nieder!", rief der Sheriff. Die

Männer schossen weiter. Stan Thor zog den Colt. Drei Kugeln aus Krysilium schossen pfeifend durch die Luft. Explosionen... Tote.

Revolverheld Frank Ross und Mike Dennon waren noch im Saloon. „Weitere 1000 Dollar wenn wir das Schwein erledigen.", bot Mike an. „Okay!", antwortete Frank Ross. Der Sheriff kam durch die Pendeltüren. Die Männer standen sich gegenüber. Der Sheriff hatte nun noch sechs normale Patronen. Es wurde nun ein echtes Duell. Ein Duell, wie es Stan Thor unendliche Male gegen Billy the Kid erlebt hatte, im Erlebnisraum auf dem Mars. Aber da war der Revolverheld virtuell. "Zieh!", schrie Mike Dennon. Der Sheriff achtete nur auf die Augen der Gegner. Er hörte nichts und sah nichts anderes. Dann das Zucken bei Frank Ross. Der zog den Revolver. Blitzschnell zog der Sheriff, mit dem Daumen spannte er den Hahn,

der Zeigefinger reagierte sofort. Zwei
Schuss! Die eine Kugel traf Frank Ross.
Ross' Kugel traf nur die Pendeltür. Mike
Dennon zog auch die Waffe. Wieder war
der Sheriff schneller.

Die Stadt feierte den Erfolg. „Sheriff,
was war denn nun mit ihrem
Planwagen los, warum war der so
schwer?", fragte Pete. „Ich habe
Stahlplatten von den Eisenbahnen
eingebaut.", antwortete der Sheriff.
„Hey, unser Sheriff hat eine eigene
Eisenbahn!", lachte Pete. „So, jetzt will
ich noch los zur Mine. Ich habe dem
kleinen Pedro ja etwas versprochen.",
rief der Sheriff in die Runde. Der
Sheriff nahm ein Bild von sich, mit
seiner Frau und Joe, mit zur Mine. An
der Mine angekommen fand er noch etwa
eine Handvoll Mexikaner vor. „Ist Mr.
Morgeno unter ihnen?", fragte der
Sheriff. „Ich bin Jose Morgeno.", sagte
ein Mann. „Dein Sohn hat mich

geschickt. Hier sind 100 Dollar. Zeige ihm dieses Bild und grüße deinen Sohn von seinem Mr. Marshal."

Abends fielen sich Lydia und Stan in die Arme. „Was macht unser Sohn?", fragte Stan. „Er wächst und gedeiht.", lachte Lydia. „Ich erinnere mich gern an meinen Großvater. Er erzählte mir immer wieder von einem unserer Vorfahren. Ein Sheriff mit Namen Stan Thor. Er soll um das Jahr 1880 gelebt haben. Ich hielt das immer für eine spannende und erfundene Geschichte von ihm. Ist das nicht unglaublich?", sagte Stan. „Na, bei dem was wir beide so alles erlebt haben, wundert mich nichts mehr. Schlafe gut, mein Darling."

Viele, viele Jahre war Stan Thor noch Sheriff in Omaha. Jede Menge Abenteuer hatte er noch zu überstehen, denn der Wilde Westen war wild und unberechenbar, genauso wie das

Universum. Lydia wurde Schulleiterin.
Ihr Sohn Joe wurde in New York
Richter. Bei Ausgrabungen im Jahr 1978
fand man nördlich von Omaha den
Spezial-Colt und eigenartige, nicht von
dieser Erde stammende Patronen, die
hochexplosiv waren. Das unterlag der
höchsten Geheimhaltung. 2016 fand eine
Pfadfindergruppe im Gebirge westlich
von Colorado Springs den Fluggleiter des
Polizei-Raumschiffs STAR MAR 8. Das
Notsignal SOS war immer noch aktiv.
Fragen über Fragen...

Beide Zeitstrahle sind real. In parallelen
Welten kann alles möglich sein. Vielleicht
gab es sogar noch weitere Realitäten...
niemand weiß es...

........................Ende........................

Unsere Kinderbücher:

Das Schweinchen Klecks
und andere Kindergeschichten

ISBN 978-3-95744-286-4

Fitus, der Sylter
Strandkobold

ISBN 978-3-95744-758-6

Fitus, der Sylter
Strandkobold
Gute-Nacht-Geschichten

ISBN 978-3-73922-001-7

UNSer Tagebuch, TeLeFoNbuch UNd GeburtstagsKaLeNder

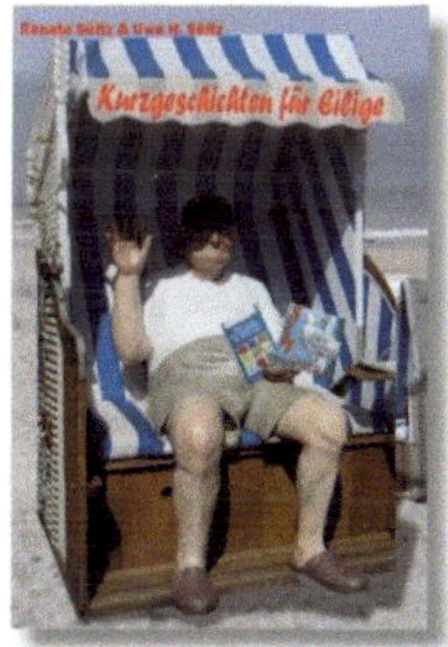

KurzgeSCHICHteN Für EiLige

SYLT
ohne Worte

SONDERDEZERNAT
HÖRNUM 1
macht Ernst auf Sylt
Spannende Kriminalfälle von List bis Hörnum
1
Autorenteam Sültz auf Sylt

Notebook
Notizbuch
inkl. Sylt-Bilder
I love Sylt
Renate Sültz
Uwe H. Sültz

STAR
MARSHAL

STAR
MARSHAL
POLICE IN THE UNIVERSE
GEFAHR AUS DEM UNIVERSUM

STAR
MARSHAL
POLICE IN THE UNIVERSE
Bilderbuch für Science Fiction Fans

Erste Compact-Cassetten
und die unbekannte
Einloch-Kassette
Von PHILIPS 1963 bis NAKAMICHI 1979
Uwe H. Sültz

Die MusiCassetten - erste fertig bespielte
Compact-Cassetten
Ein Bildband mit
einer Auswahl
an MusiCassetten
von PHILIPS und
weiteren
Herstellern
FATS DOMINO

UNSere Notizbücher

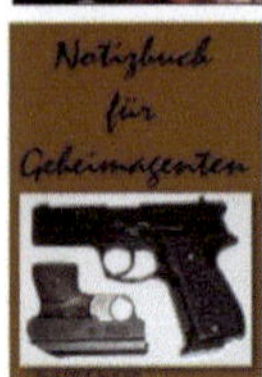